還可以活活看

游善鈞

游善鈞

曾獲周夢蝶詩獎、林榮三文學獎、聯合報文學獎、時報文學獎、優良電影劇本獎和華研歌詞創作大賽等獎項，作品並曾入選文化部改編劇本書推薦、臺灣文學館文學好書推廣專案。

出版詩集《水裡的靈魂就要出來》，長篇小說《骨肉》、《瞬間正義》、《完美人類》和《神的載體》等。

名家推薦

唐捐

與深淵密談

深淵是你房間的鏡子，你看著那麼危險而美麗的倒影，想跟裡面的人調換位置。所以你喃喃地說話，明明緊鄰深淵，但「說話」使你暫時像是安坐於梳妝檯前。久久之後，不知是深淵裡的自己在寫詩，還是寫詩的人即將步入深淵。雖然我不特別愛用那個詞，但沒錯，這就是厭世。

你用文字在求生，在索愛或示威，在試穿各種情緒。你在詩裡扮演昨天的以及明天的自己，你與你的劇本在吵架。你的臺詞那麼簡潔而甘脆，你愛反諷，但不難懂；你有時像頑童一樣，扯掉隱喻的神祕面紗，不愛接受祂的使喚。你不太愛迴行與標點，有時讓我錯疑你「沒有」什麼技巧。但你說得精妙，比繁複的語言更能命中黑暗裡的魅影。

你深深懂得輕重緩急的奧妙，能款步，能飛躍，還能懸崖撒手——在鬼話連篇的廳堂裡，忽然給他們一句晴天霹靂的大白話；在人云亦云的廣場上，你找到一個角落發明自己的奇想。也講些幹話，也畫些符咒，在很悲傷的時刻只好調笑。拉開內心戲的布幕，混淆你和他的身分。派給昨日的愛人一個滑稽的角色，這就是爽快。

寫寫看也就活活看，你的詩不是雕塑品，而是出發去尋索情感與記憶的過程。像猛猛撞向礁岩的大浪，碎而復合，合而復撞，那麼執迷而可愛，那麼焦慮且燦爛……。

鄭琬融

要懷有多大的決心才能甘願成為閃電下第一棵被擊中的枯木？抑或被藍寶堅尼撞死、以草原上的水鏡支撐天空？

讀善鈞的詩就像看見一個赤腳的少年以奔跑帶領我們的視野，不怕任何碎玻璃或滾燙的柏油路。在這樣的凝視之中，我們便得以相信少年一次，還可以活活看。

夏夏

前味是尖銳的狡黠，中味酸澀，後味溫潤苦甜，在《還可以活活看》中詩人如技巧嫻熟的魔術師快速搭建、抽換意象詭譎的布景，演繹出我們最真實的夢境，最想溫存的悲傷，讓人不願醒來。

次目

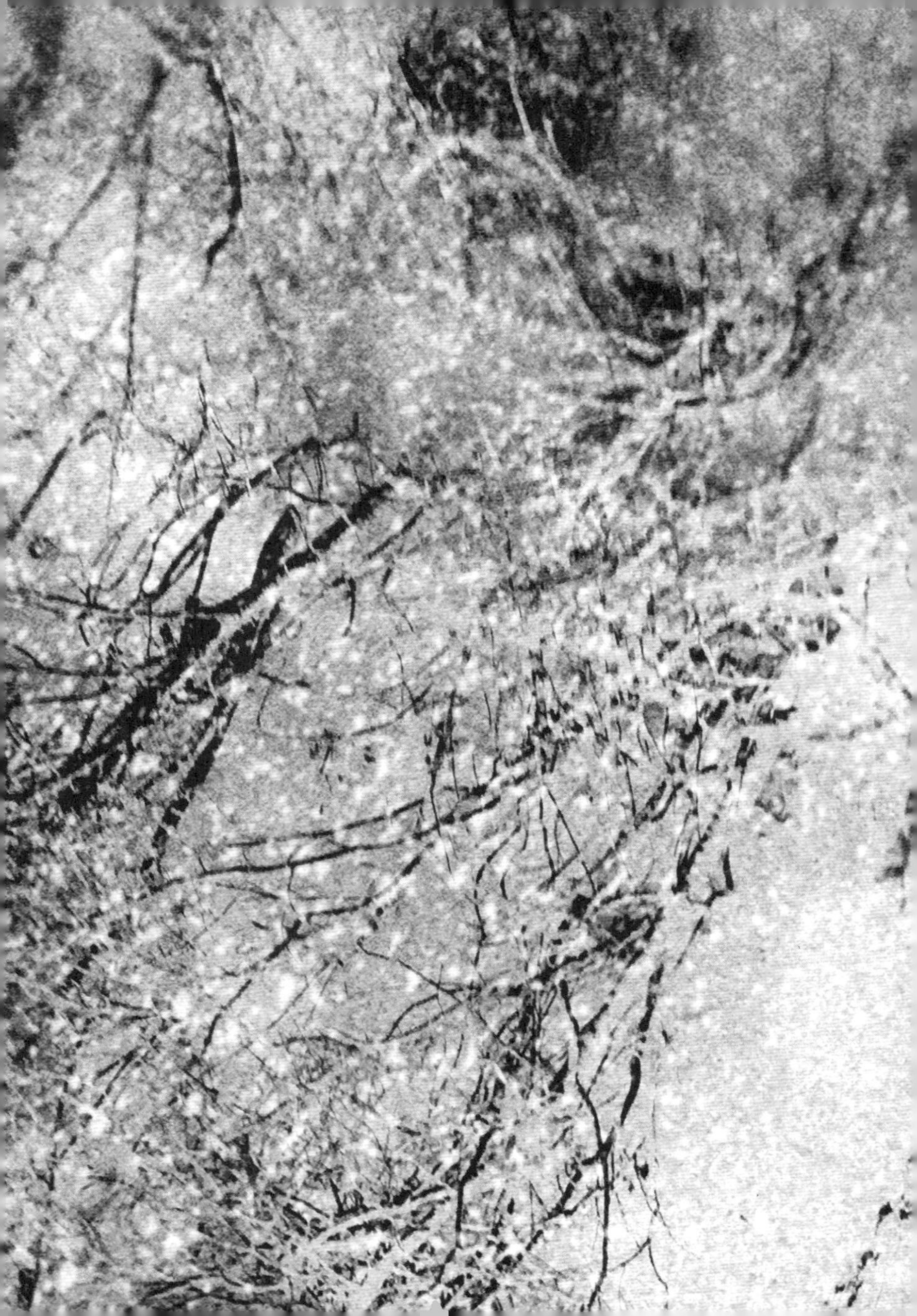

大船

夢中一條大船經過
順便帶走我
剩餘的行走
沿著漣漪一圈圈往外擴
擊打某個人的心的中央

用一把比能刨造出這支槳的樹木還長的槳
划
每一次小小的前進
感覺自己確實支撐起這一整頭巨獸
岸上的生活

像花器
像從瓶口彎出的花莖
一滴露水緊跟著一滴
船身推遠以後
不要讓我也把你帶走

開口

倒下的玻璃瓶
瓶口對著我
看著我
一個深情的透明的洞

想起被火圈穿過的獅子
好像有一點點痛
像剪掉的指甲原來
也連接著手腳

不要蹬跳，生活
是必須小心翼翼躺平的彈簧床
窗口和門口的距離等長
雙臂展開剛好
都碰不到

交談

我們要未雨綢繆地活著

譬如在晴天時

把自己分成兩半

收進衣櫥的最陰暗

好像缺少什麼
話總是只說一半
開始健忘。記得收忘了還。
同事說：初老
和人相處愈久怎麼愈老愈快

想起離群索居
曾經要好的朋友
臉書，手機，LINE——
時間在彼此身上攀爬成不同的鱗片

有些是魚
有些是蛇
有些是如鱷的雙棲

眼睛是冷
手的溫度比刀叉還硬
茶／咖啡／葡萄酒……
史蒂諾斯／胰島素增敏劑／選擇性血清素回收抑制劑……
什麼樣的重逢能夠壓垮地球
已讀：希望下次再見不用隔那麼久。

巨大玻璃窗挾帶三十二分之一音符的水滴
人生還不到理想的二分之一
現在的自己、好像、已經有點快不夠用
（人生是數學）
將很久以前摺疊在襯裡的另一半
展
開
當作全新的陌生人徹夜交談

重生

他們說
今天的雨，很危險
碰到一滴就會把整個人砸碎

總有人不相信

說自己堅強
一出門就再也拼不起來

聽見響亮的人
拿著掃把和畚箕，沿著騎樓伸長視線
把天空愈放愈放愈遠愈遠——

難免夾雜別人的碎片
難免少掉自己一些
我們都是對方的新的舊的體驗

確認

很久很久以前
我們憑藉星星確認方位
才不畏怯
好像火焰燃起
往石壁投去影子

那是存在
不要
不要哲學的說法

拔草確認風向
掀動無形的瀏海
好像你就仰躺肩膀
帶著一群鼾聲的綿羊
讓我們刮下的毛髮成為我們的床

那是意象
不要
不要文學的說法

有大把時光的日子
房間寬得好窄
重心不穩就退到門外
「要不要再確認一下有沒有什麼東西沒帶走？」

你愛我的時候

世界就多一棟建築
好像人不在了的以後
天空邊亮起的一顆星星

節制

最美妙的愛情
是節制
什麼時候想你多一公克
什麼時候想你再多一公克

青苔

這種地方
怎麼會有青苔呢
眼睛渾圓著問

像是活的

邊框細微發光
形狀跟昨天不大一樣

找朋友來
他們說從小到大都是模範生的我
不可能放任青苔生長

我想青苔
或許並不存在
煮一鍋很白又燙的稀飯把天花板打得更亮

啊，居然跑到這裡。
在浴室看見變成人形的青苔
攀住自己裸裎的胸口

慢慢搓掉——
那個人的手腳、軀幹，還有臉龐……
但有什麼已經滲透表面
從心尖慢慢爬上來

交代

要怎麼跟一滴雨水比賽
從天空到地面的距離
比想像中近
從這裡跳下去
沒有人來得及多說一兩句

他們要我寫日記
要我把好不容易藏進心裡的
再活生生剖開
想起你從前愛吃的木瓜
切開時也有一顆顆圓黑的小眼睛

不用感到虧欠
我們只是在不同的時間點
擁有同一副身體
我不會了解你的難題
你也不要執著我寫完又擦掉的痕跡

習慣一再重複的確認
所謂栽種並不單單是把種子埋入土壤
他們給我一把鏟子
幫我戴上一頂寬簷的帽子
說我還年輕

狹長的走廊收納不住影子
好熱的太陽不曉得從哪裡鑽過來
一直想把自己推出去
我不想動
但也不是休息

我的存在
或者
不存在
都是對自己的交代
沒有可不可以

你是你自己的外星人

常常覺得自己在某個版本的
自己的身體。一種拷貝
你說靠北
還不是抄襲某部科幻老片

跟大多數電影一樣
一開始總是真的
蛇狀的海草纏住腳踝，腰際和喉頸
覺得有誰控制住自己的記憶

你要沒有道理的活下去——
裝載著那些外來者的眼睛
宇宙的望遠鏡
凡此種種讓你看不清楚近在咫尺的心

走著走著感到可惜

為我身體裡的另一個放棄的自己
從別的星球看過來
地球這麼美麗

情緒

他們總以為你
有很多情緒
像可以把一個人
當作一百個人使用
事實是：你

早已經裱框
放在最長的走廊的底端
像一座美術館
只展示最有價值的藝術品
最長的通道
有時候也是最窄的
他們想見你
勢必碰撞出聲音
你偷偷：聽
他們給你的一百種情緒

當中可能有一個
是當時的你
像等不及冰塊融化已經發出的聲音
如果你能看見標價會更好好保護自己

房門外的少年

那個不認識自己的少年
在房門外說話
我好想回答
卻不能破壞他

料理

影子讓一面牆沉默
火光讓一面牆跳起舞
我站在兩者之間
感到有些事情
需要斷斷續續說明

刀背是筆直的動物
刀鋒是弧度冰冷的礦物
我躺在兩者之間
感到有些情緒
需要曲曲折折撕開

指尖長出九層塔
指節結出一顆顆丁香
我蜷在兩者之間
感到有些現實
需要簡簡單單撐住

一如殘留的光暈
一鍋湯慢慢煮滾

框架

你在下雨的世界裡
尋找一個能夠游泳的池塘

一生

你總能看見那座最小的池塘
中間鑲著最美的人

遠處的風景

你出發以後
我每天
都來到這座小小的池塘
擦亮水面
好讓我們其中一人投入時
能對準彼此的天空

病情

一個人慢慢走
把該穿戴的
都穿戴上

他們說外面到處

是病
治不好的

會死嗎
如果不會
壞一點也不要緊

就這樣
慢慢地病
慢慢把重心放低

像果實
把葉梢往泥土
拉近一些

也像花

感覺那根針還在

這還是頭一遭
有人上門問自己為什麼和自己分手
我請他進來，換雙拖鞋並且脫下外套
像主人對待客人那樣
要他把這裡當作自己的家

他一度把這裡真的當作自己的家
我泡茶
他靠坐沙發，那張椅墊差一點點就要留下他屁股的形狀
我幹過的地方
他怎麼不跟這壺水一樣趕快滾開

他時常要我形容對他的愛：
我覺得你是癌，
多一點點就要命。
他不是很高興我提起他父親的死因
我以為他要的只有愛

伯爵茶、烤過的司康搭鮮奶油佐柑橘果醬
我想問他：
嘿！你有沒有喝出這杯熱茶裡
沒有添的一小滴蜂蜜
那就是我們之間需要的東西

他說我真的沒有想過我們會走到這一步
我多想打他的耳光
啪啪啪啪打到我們其中一人笑出來
我不好意思說曾經有一段時光
每天都希望他死在門外

我很壞
壞到不會出席他的喪禮
壞到想把全身脫光把自己的脖子吊起來近距離看他，的笑話
如果他上的是天堂
——雖然他一向是被上的那個

他用完下午茶
所有的食物都還在
大概是沒等到想聽的話
他起身去上廁所

我縮在沙發裡懷念那些很冷的笑話

他一直沒有出來
沒有。我敲門
然後再敲
我把嘴唇緊緊貼住光亮的木板告訴他
不可以在這裡住下來
他過了幾天才回來拿鞋子和外套
掉進馬桶前要我形容對自己的不愛

嘩啦——我沖水讓所有髒東西從人間流過
被蜂螫過的地方
感覺那根針還在

防疫新生活

他們說這種病
會傷害和我們關係最親密的人
我感到安心，這不就是
從前生活時
我們常做的事

被藍寶堅尼撞死

他這輩子做過最奢侈的事
是被一輛藍色的藍寶堅尼撞死

他下輩子做過最奢侈的事
是被那輛藍色的藍寶堅尼撞死

流星

我注視著那塊被削掉的肉
像一顆朝這裡劃來的流星

秋天的隧道

秋天是長長的隧道
以為牽著的人
原來是一隻駱駝

生活剛好是沙漠

一點點綠洲
一點點虛構
最好的剛好是目睹蜜蜂抽出體內那根骨頭

隧道是長長的夢
以為盪過的鞦韆和甩出去的溜溜球
原來是凝結在薄冰上的水滴

琥珀裡的昆蟲
看起來十分甜蜜

好像加熱以後
能夠在吐司上輕易抹開

食物吃完就沒有了
不要怪季節
不要怪夢
怪盡頭

距離

我們很靠近
緊緊夾住一片
很薄很薄的玻璃

養病

我的病好不了了
就算你在我體內打直腰桿
細小的濕氣如同煙花

人無法輕易創造
消除一雙銅黃色的鈸
十指交扣

搖籃和吊床
一隻曬乾的貓
從夜空撒落的鹽粒閃閃發光

羨慕

我羨慕
熱愛生活的人
能夠忍耐
一遍又一遍

碎花

如果那不是鳥
你會不會感到遺憾
如果不曾在地毯裡迷失

如果那不是鐘

你會不會感到遺憾
如果不曾在一隻筆的尖梢鑽出熱度

如果那不是花
你會不會感到遺憾
如果不曾在最後一面碎得太厲害

終於日常

你寄來一副棺木
小小的
煩惱
怎麼搬進去

艱難的等雨

你說在雨裡等得好累
我卻得在入睡後
才能喊你
進來屋內躲避

聽說天冷
把切好的幸運
抹上奶油和果醬
顏色在沒開燈的地方有點暗

我反覆記起
吐露一半的話
被撕裂開來的你
殘留在某張無法承受水滴的蛛網

沉默是金
尊重的話語皆為銀製
適合稱謂清楚的房子，他們的家庭
擁有美麗且永恆的倒影

屋簷下
把彼此對坐成素描的
兩人
胸口被開了成千上百張窗

連烏雲都亮起來

他們一直在看
透明的鯨魚被地心引力往下拉
不可思議的感情必須符合自然現象

擺好幻想的餐具
草原從窗簾後方穿過柵欄
光芒總是一點一點沾上
耐心是最後的蛋糕

穿過那市場

那日午後
我闖入市場
滾滿鐵鏽的勾子
掛著剖半的肉體
橘澄澄日光曝曬

之中，肌理鮮明
血液沿著脊骨兩側
一階階
往下攀爬
抵達吊橋的另一端
流蘇般垂落，遠遠凝觀
如水珠，如閃爍
積聚成一灘水窪
經歷一場陣雨，宛如
度過一段時間

只是等待一朵雲結冰
所有一切
附著於地面上的
全被沖刷
只剩下那勾子
上頭的身軀，輕輕款動
整條石磚街道曲曲直直
很濕亮，很哀傷

死亡的死亡

想到死後
還會繼續造成別人的麻煩
我忍耐
像昨天
像前天

像大前天
像大大前天
與之前的每一天

走在通往自己的樓梯
上不去
下不來
像徒勞的海水
吃不掉整片沙灘
我搖晃燈泡
鐘擺心跳

有時觸電
種種細微的感覺
把自己對自己的關注分擔出去
大家都不相信
很多透明的動物
在等待我們騎上去

城市已經被封鎖了
人們把口罩戴到眼睛
天空色的臉

草地色的臉
棉花糖色的臉

白色的臉
我懷著邪惡的心思
在每個人都想活下來的時刻
和一生的抗體握手言和

他們每個人
都想跟我告別
沒有人知道自己真正的死因

按照規定這一切必須

在二十四小時之內火化完畢

金色

醒來是金色
在夢裡醒來是金色的金色

吞劍

如果把一把傘
吞劍一樣貫過喉嚨
撐開的瞬間，會不會覺得
飄起了雨會不會
覺得有誰在底下撐住自己

相遇

你用一支不曉得什麼顏色的蠟筆拉出一條直線
我斜斜走往盡頭

不見

你拿來一張風景，要我
證明
照片裡
原來有兩個人

隔間

將情緒隔間
一如身體的細節
不會彼此重疊
我們說：骨，肉，或者血……
：血無法分別

：是最最靠近的距離
附和像鱗片
清楚的舌尖是最最鋒利的刀
我們切割：這是骨，這是肉
顴骨、胸骨、肋骨、髖骨……
血
二頭肌、背肌、大腿肌……
血還是血
快樂悲傷憤怒寂寞沮喪
沮喪沮喪沮喪沮喪沮喪

沮喪沮喪沮喪沮喪沮喪

沮喪沮喪沮喪沮喪沮喪……

野生的遺物

雨聲大得嚇人
一叢叢鬼，你把衣服穿更緊，像峽谷
你想起他
教自己的暗號

暗中感受他的嘴唇
回憶缺一把閃電

草原到處積水
支撐迸碎的天空
太陽有好多，好多個你沿著裂痕穿過草原

如果能在午前
爬上緩坡
遠處偽裝成人群的動物
或許會為自己拍手

你在蘆葦間跳舞越過霧氣一般的草尖
確認自己在至高點可以是第一個承受雷擊的枯木

攤開為典禮準備的絨地毯
沿著他的背脊
進行一段漫長的午覺
什麼都化成落石

你餓著坍方
像離開一座山

在這裡受傷，都是自然的一部分

你想像他正衰老，和自己

也和某種善良的動物一樣

尋找安靜的洞穴死去

像所有關上門的房間

往下凹陷

聽說他找過自己聽說他渴死在沙漠和沙漠中間的綠洲

你爬出泥沼
你攀岩
日子一滴一滴
打擊、侵蝕著你

那一定是世界上最寂寞的建築
佇立苔原很長很長的白晝和很長很長的黑夜都採取旁觀的角度

你的心是熱帶雨林
和他的命運

是舒展開來的針葉，沒有膜的魚鰭
連宇宙都有破洞

你接受，最高的山也能有一座湖泊
在空無一人的地方
靜靜描繪雲朵

不曾思索落在平地的雨也有自己的苦惱
你享受自己的低潮

偶爾做夢
能量正常釋放
偶爾被夢。醒來覺得悲傷是他的

偶爾想起海
想起鑿開身體時
那些獠牙般的鐘乳石明明一再提醒自己不要動

假期

簷廊有燈光
很小一盞
雲的邊緣總追究
誰和誰更靠近一些

不要再說了
不要把應該擰乾的衣服
披在膝蓋
讓人容易疑心

沒有把釣竿
藏在另一個人的眼底
我的鼻子也沒有魚
我想告訴你

從碎裂處
突出的那些
是一間間空無一人的
橡木屋子

最輕的……

在心上
掛上氣球
我來過

不能碎裂的

忍住不捏碎，一塊玻璃
如同一片光支撐天空
你在自己之外的石階
挑選一個最乾淨的部位
坐下，或者更多時候

忘了坐下。
遠方的長椅
靜靜承受太陽
如同一個跪著的人
衷心祈禱事物，
都有各自運行的軌道
地面乾燥，光線
更顯鋒利
如同一隻水晶打造的蝙蝠
揮動翅膀瞬間

震動出一座湖泊，而所有青草
都將沿著石塊生長
如同脊椎兩側纖細的毛髮
葉尖細緻的絨毛，倘若
一株樹
是一個失敗的角色
樹蔭該不該永遠沉默
眼睛該不該問一問耳朵：
「隻身一人時偶爾
關心一下宇宙」

美好的結局總發生
在美好的過程之中
你給了一些陰影，一切就柔和
如同一齣電影
坐不坐下終於只是
時間的問題
再沒有你自己，之外
的任何人
知道你坐下或者
更多時候，忘了坐下

時間的維度之中你很快，
很快將要離開這裡
你將看一眼那時，
光源耗竭的天空
專注自己的手
你的手隨著陰影而移動
如同一幕交疊再交疊重複再不能重複的場景
你終要如此
對白：因為忍住
不捏碎一塊玻璃
如同進入一個人的

身體，不發出聲響
不弄碎任何部位
該是多麼艱鉅。

路上

從這條路離開吧
穿著靴子的你
是這樣告訴我的
好像菸抽起來
其實是甜的那樣

我又笨又傻
蹲在路邊
把樹葉的倒影
數了一次又一次
你拉了拉褲子
陽光多了一點灰塵
從這條路離開吧
你問我口渴不渴
好像路走起來
其實是一條河

我害怕自己
懷念膝蓋的氣味
還有胸口噗通噗通的果實
我又聾又啞
蹲在路邊
很適合白晝
也很適合午後
把落葉的倒影
數了一次又一次
從這條路離開吧

你的小腿貼了過來
好像裡頭藏著複雜的機器
你說再不走天就要塌
天塌了樹還在
我想
如果知道你的想法該有多好

薄霧之晨

（在那些非常靠近情感的時刻
　我們是成熟的透明果實——）

找讓自己開心起來的方式
念頭輕快像送進夢裡的早餐

漸次回暖的丘陵，草長得特別慢。
別忽略籃子哪裡提來還有編織的方法
碰觸過的門把記憶都成弧狀葉子一片片打開脈搏愈來愈淡
揹著我們的馬脖子有點長你感覺被帶往遠方什麼都在
一場為所有人編號的展覽發現人沒有辦法分成兩半
像醒來

真的

是不是總怪我忙
沒發現你
把憂鬱蓋成一間房

不怪你，真的。

每一道皺紋都撒了糖
準確調整溫度
很快就好

窗戶和門一樣乾淨
離開時腳比鞋子走得還快
整個空間都在體諒

我收到了，真的。
連最細微的圖案也挑出來

描上邊框
奇怪……裡面的東西好像變小了

你還在看我嗎
我的背影是不是應該更篤定一點
西裝在陽光下顏色好淡像快死掉的貝殼

二樓的窗好寬，真的
站著，像走進海
雲朵——破掉的舒芙蕾
叮

準時回家
把你掛在自己的心上
你知道我愛你

我知道你愛我，真的
所以我：
選擇在這種種真實的懷抱中
把自己懸上自己的心頭

風衣

都説是最絕情的事
還期待一聲回應
不合時宜的胳膊把不應該在場的人
抱得很緊很緊
像矗立在清晨裡的教堂

總有那麼一段階梯
候在門前
揚起的脖子一節一節伸展
如手風琴，一艘船突兀
要從屋簷滑落下來

沒有另一雙眼睛撐住
沒有
把還沒搓熱的字句收進領口
披上最後一件風衣
就真的帶著一點風離去

就位

多年不見
大廈高過你
世界矮了下去

難免不甘心

刀長過骨頭連接的總和
肉只剩一點點

慢慢愈老愈快
速度絞死在懸懸馬頭上
水撐起橋

畜牲的眼睛
盯著
像照鏡

高蹺已經踩穩
沿著窗沿著
細細皺皺的人們斷掉的手肘

你是失去的疼痛
對桌的墓穴
等我身體就位

褪色的馬

你開始聽見馬嘶聲
在年過四十的這一晚
輾轉反側
感受胸口的馬蹄從這邊過去
再調頭回來

揚起的什麼哽住你喉嚨
你起身，旋開燈，調整呼吸
夜裡的肌膚有輪木的質地
你輕輕刨著自己的身體
打造一副新的柵欄——
自己也還在習慣

你很快習慣
包括不再厭惡適應良好的自己
友人說

人的容量有限怎能藏得住一匹馬
你一定有病。
症狀：耳鳴，胸悶，還有心悸……
會不會偶爾喘不過氣？
你服藥，覺得安心。
開始生病

馬還是出現在夜裡
間隔愈拉愈長你猜想
是不是繞去別人的夢境，還是

服用和自己相同的藥錠
有時候你會為了等那匹馬
看完一整本書
甦醒的城市有著怪獸似的嶙峋魚鰭
你懷念連綿馬背般的山巒
感覺披覆在自己身上的毛髮愈來愈長
——你發出那種會把鄰居嚇壞的嘶鳴
在十分接近馬的時刻
把那匹馬
從心中牽出來

你不再回診
也不再和那位友人保持聯繫
你把上班以外的所有時間
用來照料對方
給水餵食，梳理鬃毛
更多時候只是坐著陪伴
養一匹馬並沒有想像中那樣困難
難的是向別人交代自己的想像
生活夾雜閃電、雷鳴特別是暴雨

沖刷你在這個世界上僅有的座位
你摩擦自己的標籤
像換上新的馬蹄鐵一樣
穿好發亮的皮鞋
讓穿過身體的鋼釘撐直腰背
行走時發出喀啦喀啦喀啦喀啦的聲響
從此你擁有一匹褪色的馬
和永遠動亂的心

互動

夜裡餘光裡橫桿上的反光
流動
像一個人拉著寂寞的單槓

日光　之三

久違的日光
像假的
你可以說些話
太陽一定是真的

落劇

引體向上
風景和你
說的不一樣

無須多心

世界的悲喜

常態分布

你爬上

象似的坡

童年最不怕痛

他人眼中的風景

棋盤亂了，所有人
都不在原本的位置

尖銳的冰塊
變得溫馴

上好的盛器終於
也感到尷尬

不要再呼吸了，不要
專注製造兇器
讓纖細的日常塞滿
閃閃發光的卵

不要害怕
被殺死的棋子沒有靈魂
堡壘是親手堆起來的

你看
碎裂的鐘裡
時間是完整的

大難

人或多或少
嚐到或大或小的
苦果

像綠色小船

被季節咬一口
就燒起來

人生實難
比花更虛偽的
是花的盛開

雨水落在比身體
還靠近泥土的地方
想吃些什麼

就種什麼吧——
大難過後
還可以活活看

後記

生之所倖

這本詩集，從如此那般的時候開始，以至於如此這般的時刻。
世界之劇變，個人的惶然。
但那件最重要的事永遠不會改變——直到我們都從一場又一場磨難裡
歷劫歸來，再和彼此促膝長談當中的不幸，或者幸。

AK00352

還可以活活看

作者——游善鈞
執行主編——羅珊珊
校對——游善鈞、羅珊珊
美術設計——吳佳璘

總編輯——龔槵甄
董事長——趙政岷
出版者——時報文化出版企業股份有限公司
108019台北市和平西路3段240號4樓
發行專線—（02）2306-6842
讀者服務專線—0800-231-705・（02）2304-7103
讀者服務傳真—（02）2304-6858
郵撥—19344724時報文化出版公司
信箱—10899台北華江橋郵局第99信箱

時報悅讀網——http://www.readingtimes.com.tw
思潮線臉書——https://www.facebook.com/trendage/
時報出版愛讀者——http://www.facebook.com/readingtimes.fans
法律顧問——理律法律事務所｜陳長文律師、李念祖律師
印刷——勁達印刷有限公司
初版一刷——二〇二二年三月二十五日
定價——新台幣三〇〇元

時報文化出版公司成立於一九七五年，
一九九九年股票上櫃公開發行，二〇〇八年脫離中時集團非屬旺中，
以「尊重智慧與創意的文化事業」為信念。

還可以活活看／游善鈞著；— 初版 — 臺北市：時報文化，2022.03
面；公分 —（；）ISBN 978-626-335-155-4（平裝）

863.51 111003297

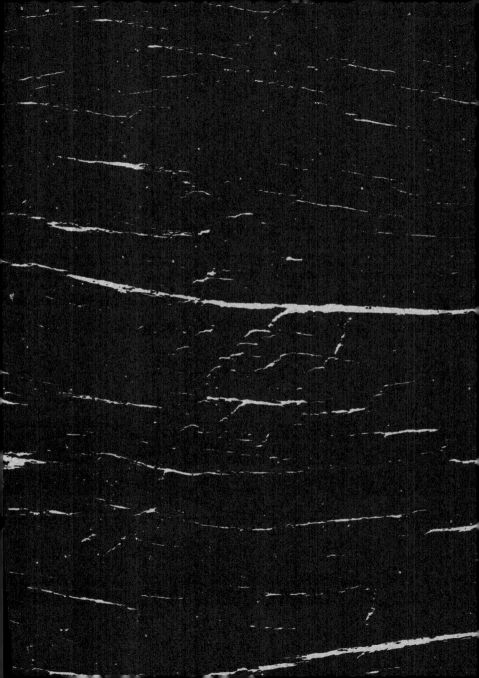

馬還是出現在夜裡
間隔愈拉愈長你猜想
是不是繞去別人的夢境，還是
服用和自己相同的藥錠
有時候你會為了等那匹馬
看完一整本書
甦醒的城市有著怪獸似的嶙峋魚鰭
你懷念連綿馬背般的山巒
感覺披覆在自己身上的毛髮愈來愈長
——你發出那種會把鄰居嚇壞的嘶鳴
在十分接近馬的時刻
把那匹馬
從心中牽出來

——〈褪色的馬〉

第三十七屆林榮三文學獎新詩首獎

978-626-335-155-4(863.51) AK00352 NT$300
建議分類｜文學小說·華文創作·現代詩